PUBLIC LIBRARY, DISTRICT OF COLUMBIA

W9-BAS-955

PUBLIC LIBRARY, DISTRICT OF COLUMBIA

Dedicado a:

Miss Frickey, mi maestra de primer grado en
Syracuse, New York, quien descubrió y alentó mi pasión
por el dibujo.

Herr Krauss, mi maestro de arte en *Gymnasium*, en
Stuttgart, Alemania, quien me introdujo al arte moderno
cuando estaba prohibido hacerlo.

Profesor Schneidler, quien fue una fuente de
inspiración al estudiar diseño gráfico en la *Akademie
der Bildenden Künste*, Stuttgart.

El autor y la editorial agradecen los comentarios de la doctora Marianne
Torbert, directora del Instituto Leonard Gordon para el Desarrollo Humano
a través del Juego, de la Universidad de Temple, en Filadelfia, Pensilvania.

Ann Beneduce, consultora editorial

Eric Carle's name and signature logotype are trademarks of Eric Carle.

Rayo es una rama de HarperCollins Publishers.

De la cabeza a los pies
Copyright © 1997 por Eric Carle
Traducción © por Harcourt, Inc.
Elaborado en China. Todos los derechos reservados. Se prohíbe
reproducir, almacenar, o transmitir cualquier parte de este libro
en manera alguna ni por ningún medio sin previo permiso escrito,
excepto en el caso de citas cortas para críticas. Para recibir informa-
ción, diríjase a: HarperCollins Children's Books, a division of
HarperCollins Publishers, 10 East 53rd Street, New York, NY 10022.
www.harpercollinschildrens.com
www.eric-carle.com

Número de ficha catalogada en el Library of Congress: 2002024959.
ISBN-10: 0-06-051302-0 (trade bdg.) — ISBN-13: 978-0-06-051302-3 (trade bdg.)
ISBN-10: 0-06-051313-6 (pbk.) — ISBN-13: 978-0-06-051313-9 (pbk.)

❖
La edición original en inglés de este libro fue publicada
por HarperCollins Publishers en 1997.

13 SCP 40 39 38 37 36 35 34 33

Eric Carle
De la cabeza
a los pies

HarperCollinsPublishers

rayo

**Soy un pingüino
y giro la cabeza.
¿Puedes hacerlo tú también?**

¡Claro que sí!

**Soy una jirafa
y doblo el cuello.
¿Puedes hacerlo tú también?**

¡Claro que sí!

Soy un búfalo
y alzo los hombros.
¿Puedes hacerlo
tú también?

¡Claro que sí!

Soy un mono
y saludo con los brazos.
¿Puedes hacerlo
tú también?

Soy una foca
y aplaudo con las manos.
¿Puedes hacerlo tú también?

¡Claro que sí!

Soy un gorila
y me golpeo el pecho.
¿Puedes hacerlo
tú también?

Soy un gorila
y me golpeo el pecho.
¿Puedes hacerlo
tú también?

¡Claro que sí!

Soy un gato
y arqueo la espalda.
¿Puedes hacerlo
tú también?

¡Claro que sí!

**Soy un cocodrilo
y meneo las caderas.
¿Puedes hacerlo
tú también?**

¡Claro que sí!

Soy un camello
y doblo las rodillas.
	¿Puedes hacerlo tú también?

¡Claro que sí!

**Soy un burro
y doy patadas.
¿Puedes hacerlo tú también?**

¡Claro que sí!

**Soy un elefante
y piso muy fuerte.
¿Puedes hacerlo
tú también?**

¡Claro que sí!

Yo soy yo
y muevo el dedo
gordo del pie.
　　　¿Puedes hacerlo
　　　tú también?

¡Claro que sí! ¡Claro que sí!